Karin Kirwa

Von den sonderbaren Erlebnissen einer alleinreisenden Dame auf einem zeitweilig verschwundenen Schiff
… fast ein Roman

Für Martina + Stefan

Buch

Erst diese verflixte Waage, dann der gelbe Blazer und zum Schluss ist in Norwegen plötzlich ein Schiff verschwunden. Es ist wahrlich ein Jammertal.

Lesen Sie und lachen Sie!!!!

Viel Spaß dabei.

Autorin

Geboren in Berlin hat Karin Kirwa ihren typischen Humor über viele nicht ganz einfache Jahre hinweg unverdrossen bewahrt. Die Autorin lebt nun an der Ostsee. Erfolg als Schriftstellerin hatte sie bereits mit ihren ebenso humorvollen wie spannenden Kinder-Geschichten von Bommel, dem kleinen Teddybär.

Karin Kirwa

Von den sonderbaren Erlebnissen
einer alleinreisenden Dame
auf einem zeitweilig
verschwundenen Schiff
… fast ein Roman

Besuchen Sie mich im Internet:

www.bommel-und-mehr.de

Copyright © 2013 by Karin Kirwa

Alle Rechte vorbehalten.

Jegliche Wiedergabe, auch auszugsweise, bedarf der schriftlichen Genehmigung der Autorin.

Umschlaggestaltung: K. K., Redaktion K. K.

Herstellung und Verlag:

Books on Demand GmbH, Norderstedt

ISBN 978-3-7322-8423-8

1

Da war er wieder, einer dieser Tage, schon wieder, an dem man mit allem hadert, mit sich und der Welt, mit dem Aussehen, mit dem Alter. Gerade hatte ich wieder einmal eine runde Zahl erreicht. Wie schrecklich. Sehr rund sogar, entsetzlich rund, die Zahl. Die Figur sowieso. Wieso wird man eigentlich immer älter? Man könnte doch so mit 70 auf die Welt kommen, dann langsam immer jünger werden, und wenn man genug Lebenserfahrung hat, heftigst pubertieren. Dann hätten die Eltern noch mehr davon, als sowieso schon. Nicht schlecht die Vorstellung oder?

Geburtstage sollten abgeschafft werden. Was bliebe uns da alles erspart. Dieses: "Was, so alt bist Du schon?"

Oder etwas dezenter: "Das hätte ich jetzt

aber nicht gedacht." Noch schlimmer, schadenfroh: "Ist es etwa eine runde Zahl?" Oder neidisch verkniffen: "Du hast Dich aber gut gehalten." Ich brauchte dieses ganze Theater nicht mehr. Bei meinem letzten "Runden" habe ich mich einfach von dannen gemacht. Und als ich dann nachfeierte, hat keiner mehr daran gedacht, nach der Zahl zu fragen.

Wenn mich jemand nach meinem Alter fragt, dann antworte ich sowieso immer: "Innen oder außen?" Und dann ist Ruhe.

Wie alt ich bin, das sehe ich jeden Morgen im Spiegel. Diese sollten ab einem gewissen Alter sowieso zugehängt werden, die sind nur unfreundlich. Es sei denn, man hat sich gerade aufgebrezelt oder man ist von Beruf schön. Aufbrezeln tue ich mich, wenn es mir danach ist. Und von Beruf schön bin ich auch nicht. Ich habe immer einen ordentlichen Beruf gehabt, jawohl!

Abgeschafft werden müssten auch die Waagen. Irgendwie hat der Zeiger eine Macke, wenigstens bei mir, er bewegt sich meist nur in eine Richtung, nach rechts. Wenn ich dann morgens auf derselbigen war, völlig frustriert auch noch am Spiegel vorbeimarschiere und versuche, meinen Dreikinderbauch einzuziehen, wie immer vergeblich, dann ist der Tag gelaufen. Selbstverständlich steige ich vor dem Frühstück splitterfasernackt und ungeschminkt auf die Waage. Nicht mal meinen Schmuck lege ich vorher an, und geduscht bin ich auch noch nicht, damit da nicht etwa noch Restfeuchte ins Gewicht fällt.

Sollte der Mond mal Urlaub machen, kann man getrost auf mich zurückgreifen, zwei

Wochen abnehmen, zwei Wochen zunehmen, bloß leuchten kann ich nicht.

Die Familie außer Haus, die Arbeit türmt sich, einzig die drei Hunde versichern mich ihrer ungeteilten Aufmerksamkeit und Liebe. Kein Wunder, sie wollen spazieren gehen.

Frische Luft tut gut und glättet die Falten, besonders im Herbst, wenn es draußen etwas feucht ist. Also gehen wir los, über die Felder, der eine Hund zieht in die eine Richtung, der andere in die andere, einer hat sich in den Leinen verheddert und ich stehe reichlich dümmlich mitten auf der Straße und sehe aus wie ein Wegweiser, der in zwei verschiedene Richtungen zeigt. Linker Arm Richtung Wald, rechter Arm nach Hause. Die Hunde zieht es in den Wald, mich nach Hause. Die Hunde setzen sich in trauter Einigkeit wieder durch, also ein Stück in den

Wald.

Den Weg kenne ich im Schlaf und so wandele ich mit halb geschlossenen Augen vor mich hin, denke an nichts Böses, als sich plötzlich irgend so ein hinterlistiger Stein mitten in den Weg legt und ich mich mit einem uneleganten Plopp daneben. Natürlich lasse ich vor Schreck die Leinen los und Willi sucht auf der Stelle das Weite, Emma setzt sich hin und verdreht die Augen frei nach dem Motto: "Schon wieder, was macht die denn da auf dem Boden." Lotta hat noch gar nicht mitbekommen, dass ich am Boden liege, weil sie gerade mit Genuss die Hinterlassenschaften eines Karnickels verspeist. Altes Ferkel! Endlich komme ich wieder auf die Beine, lobe Emma und Lotta und schreie nach Willi, der kommt langsam angetrabt. Ich drehe mich vorsichtig um, ob jemand meinen

doppelten Rittberger mit anschließendem Kniefall mitbekommen hat. Aber da ist niemand. Nicht mal die Königin von England, dann hätte ich den Kniefall als Hofknicks deklarieren können. Schnell sammele ich die Leinen ein, putze meine Hose ab und bestimme nunmehr energisch, dass es Zeit ist, nach Hause zu gehen.
Keine Widerrede!
Aber wenigstens habe ich niemanden getroffen. Ich will heute nicht reden, ich bin gnatzig. Doofe Waage, blöder Spiegel, hinterlistiger Stein. Ich beschließe, ganz alleine und sozusagen unter Ausschluss der Öffentlichkeit in die Stadt zu fahren und einen Frustkauf zu tätigen.

2

Wenigstens mein Auto ist jung und faltenfrei. Also auf in das nächste Geschäft. Tolle Sachen haben die da, mein Blick fällt auf einen gelben Blazer, der bestimmt supertoll zu meiner schwarzen Hose passen würde. Müsste meine Größe sein, also nehme ich das gute Stück und verschwinde in der Kabine.

Alles, was noch anständig ist, wird ausgezogen und dann mit Schwung rein in den Blazer. Wie schön, die Ärmel passen, der Rest leider nicht. Ich ziehe den Bauch ein, soweit es meine untrainierten Muskeln und mein Atemvolumen zulassen, spanne auch noch die Pomuskeln an, das Ding passt nicht. Ich kriege ihn zwar zu, den Blazer, aber nun sehe ich aus wie eine deformierte Leberwurst, von Atmen keine Spur.

Bevor die abspringenden Knöpfe durch den Vorhang schießen und jemanden ernstlich verletzen, ziehe ich den gelben Möchtegern-Frust-Blazer wieder aus und suche nach der nächsten Größe. Noch größer. Gibt es aber nicht. Jetzt bin ich völlig vergrätzt. Eine Verkäuferin, natürlich zappeldürr, fragt spitz mit Blick auf meine üppigen Rundungen: "Na passt er?" Durch fast geschlossene Lippen zische ich ein "Nein" hervor und flüchte.

Nun gut, wenn ich schon viel zu voluminös bin für etwas Modisches, dann wenigstens ein paar Schuhe! Entschlossen klemme ich meine Tasche unter den Arm und marschiere in den nächsten Schuhladen.

Dort langweilen sich ein paar Damen und wollen sich auf mich stürzen, aber 'ich schaue nur'.

Bei meiner Schuhgröße, leider auch sehr

groß, stehen nur ein paar einsame Paare da und die sind so teuer, dass mir ein unfreundliches: "Ich wollte ja nicht den Laden kaufen" entfleucht, und ich tue Selbiges und gehe unbeblazert und unbeschuht zu meinem Auto.

So schnell gebe ich aber nicht auf. Draußen vor den Toren der Stadt steht eines dieser Einkaufszentren, in Amerika Mall genannt, hier aber eher eine Mini-Mall, die beim Kochwaschgang eingelaufen ist, aber dort gibt es noch einige Geschäfte. Ich betrete das erste und halte ungeduldig nach Blazern Ausschau.

Heute will ich verflixt noch einmal einen gelben Blazer, den gibt es aber mitnichten.

Dann suche ich nur noch nach meiner Größe. Na klar, ich könnte auch in der Campingabteilung schauen, mir in ein farblich angenehmes Hauszelt ein paar Abnäher nähen und fertig wäre das Bekleidungsstück. Das will ich aber nicht. Ich will einen gelben Blazer. Ich brauche jetzt sofort einen gelben Blazer. Ich bin todunglücklich, wenn ich jetzt nicht bald einen gelben Blazer finde.

Im nächsten Geschäft Blazer in Rot und Blau, aber nicht, na ja Sie wissen schon …

Gleich daneben ist auch ein Schuhladen. Dort stehen reihenweise Schuhe. Unbegreiflicherweise stehen von den meisten Paaren die rechten und linken Schuhe auf das ganze Geschäft verteilt, damit niemand auf die Idee kommt, ein Paar anzuziehen und sich dann hinauszuschleichen. Selbstverständlich muss man die Paare selber zusammensuchen. Meine Laune könnte mittlerweile den Fußboden küssen, so weit unten ist sie angelangt.

Ich suche zusammen, finde auch mal ein Paar, wo rechte und linke einträchtig nebeneinanderstehen und probiere ein Paar Schuhe nach dem anderen. Zu eng, zu kurz, zu unbequem, zu hässlich. Ich ziehe die Jacke aus, langsam wird mir warm, grapsche das nächste Paar. Die müssten doch passen. Nix da, sie drücken. Es ist definitiv nicht mein Tag.

Auch meine Füße haben offenbar zugenommen.

Endlich habe ich ein Paar gefunden, welches zwar nicht gerade modisch ist, aber wenigstens passt. Ich ziehe meine alten Galoschen wieder an und marschiere erhobenen Hauptes und stolz wie Bolle mit den neuen Schuhen zur Kasse. Mein Frustbarometer steigt ein bisschen. Na ja, wenigstens Schuhe. Stolz auf mich, weil ich durchgehalten habe und doch noch fündig geworden bin, schaue ich auf meine Jagdtrophäe in Form von dunkelblauen Leisetretern. Plötzlich streift mich so etwas wie ein Blitz und ich erstarre. Irgendetwas kommt mir wahnsinnig bekannt vor. Genau, diese Schuhe habe ich mir ja schon im letzten Jahr gekauft. Die führen nun ein einsames, trauriges und ungetragenes Dasein im Keller neben all den anderen Frustkäufen, die entweder zu klein, zu groß oder doch nicht schön genug waren.

Also bringe ich die Doppelgänger unauffällig wieder zurück, kämpfe einen Augenblick mit der Versuchung, sie kurz und knapp einfach irgendwo dazwischen zu quetschen, stelle sie dann aber doch ordentlich an ihren Platz zwischen all den nur rechten oder nur linken

Schuhen.

Wütend marschiere ich nach draußen. Ein lang gezogenes "Naaaaa, nichts gefunden?" tönt mir noch von der Kassiererin hinterher. Ich zucke nur kurz mit den Mundwinkeln und entschwinde. Langsam muss ich etwas unternehmen, wenn mir schon meine Ringe zu klein werden und die Schuhe kneifen, muss ich etwas unternehmen!!!!

Für das Mittagessen sollte ich mir auch noch etwas überlegen, am besten ich nehme hier gleich eine Kleinigkeit mit.

Also für den Sohn ein Schnitzel, für mich nur Gemüse. Jawohl, Strafe muss sein.

Kein gelber Blazer, keine Schuhe, kein Frustkauf – nur Gemüse. Ich beschließe, nach Hause zu fahren und meinen Frust mit einem Kaffee und ein paar Keksen zu besänftigen und Gemüse Gemüse sein zu lassen. Jetzt ist eh schon alles egal. Dann kleide ich mich eben schwarz. Schwarz macht einen schlanken Fuß, sagt man.

3

Auf dem Heimweg habe ich schon wieder einen Geistesblitz.

Mir fällt ein, ich könnte ja mal im Internet bei den gängigen Versandhäusern stöbern. Dank der Computertechnik ist man ja weltweit verkabelt. Meine Laune steigt wieder. Das wäre doch gelacht, wenn ich nicht zu einem gelben Blazer käme. Entschlossen trete ich aufs Gaspedal.

Flott nähere ich mich unserem Dorf. Plötzlich blitzt neben mir etwas auf. Wer fotografiert mich denn da? Unverschämtheit, ohne meine Einwilligung.

Hach! Ein Blick auf den Tacho erklärt alles. Zu schnell, auch das noch. Heute ist alle Welt gegen mich. Jetzt bekomme ich zu allem Elend noch ein Ticket verbunden mit einem dieser unglaublichen Fotos, für die man eigentlich Schmerzensgeld verlangen müsste. Könnte denn so eine Blitzampel nicht warten, bis man freundlich lächelt? Nein, natürlich nicht! Immer im ungeeignetsten Augenblick muss das Ding blitzen.

Mit meinem Frust wird sich die ganze Polizeiinspektion beim Anblick meines grimmigen Gesichtes wahrscheinlich einen lustigen Abend machen. Jetzt ist mir aber sowieso schon alles egal.

4

Heute zeige ich es ihnen und trete wieder aufs Gas. Jetzt muss ich nur noch über diese elende Baustelle, wo keiner weiß, wie er fahren soll oder kann. Natürlich schaltet die Ampel gerade auf Rot, als ich noch durchwutsche. Der Querverkehr fährt bereits an und ich stehe jetzt zwischen Baum und Borke, was da heißt im Niemandsland.
Noch dazu kann ich überhaupt nicht sehen, was für eine Farbe die Ampel hinter mir hat. Zurück geht auch nicht mehr, weil da irgendein Auto zu dicht aufgefahren ist. So ein Mist aber auch, jetzt muss ich auf gut Glück irgendwie über diese Kreuzung kommen, aber es ist keine Lücke. Ich stehe und stehe, zu Hause warten die Hunde und auch der Computer. Mein Magen knurrt, man könnte glauben, ich wäre ein Tiger, weil ich

mittlerweile Hunger habe, wie ein Wolf um Mitternacht. Aber ich komme einfach nicht über diese Kreuzung.

Plötzlich klopft jemand an meine Scheibe. Die Polizei, Dein Freund und Helfer. Wann ich denn mal zu fahren gedenke, sie hätten es eilig. Jetzt muss er nicht mehr auf mein Foto warten, er kann mein grimmiges Gesicht hautnah betrachten. Auf mein Gemecker, dass ich ja hier nicht vor und zurück könnte, sagt der doch glatt, er hätte aber ein blaues Lämpchen drauf. Darauf erkläre ich ihm, ich stünde hier auch schon eine halbe Stunde.

Mir ist schon alles egal. Sollen sie mich doch wegen Missachtung der Staatsgewalt verhaften und bei Wasser und Brot schmoren lassen, dann nehme ich wenigstens ab.

So arg wird es aber nicht. Der Polizist fragt, ob er vielleicht für mich mal den Weg freimachen solle. Meine Mundwinkel schießen mit einer Wahnsinnsgeschwindigkeit in die Höhe und der junge Mann hält extra für mich den ganzen Verkehr an. Das Gekicher hinter mir höre ich nur noch entfernt, denn ich gebe schnell Gas, um dieser äußerst peinlichen Situation zu entkommen.

5

Zu Hause erwarten mich zwei hungrige Kampfdackel und ein Retrieververschnitt. Einer der Dackel versucht sich im Kopfstand, um mich mit Vehemenz auf seinen leeren Magen samt demselbigen Futternapf hinzuweisen. Von oben schreit der Kater, er hat auch Hunger und scheinbar einen eingebauten Wecker. Um Punkt 12 Uhr legt er los. Und weil oben der Kater schreit, bellen unten die Hunde, und weil die Hunde bellen, schreie ich. Jetzt stecken auch noch die Fische die Köpfe aus dem Wasser. Es ist immer dasselbe, mittags ist bei mir die Hölle los. Ich überlege ernsthaft, die Nummer einer gewissen Anstalt neben dem Telefon zu deponieren, damit man im Ernstfall nicht lange suchen muss.

Schnell verteile ich die Mittagsrationen und

eile an den Computer. Während er umständlich hochfährt, mümmele ich genussvoll mein Gemüse, nein, nun doch keine Kekse, und kann dann endlich anfangen zu suchen.

Beim ersten Versandhaus kein Erfolg, kein gelber Blazer.

Aber macht ja nichts, es gibt ja noch mehr Möglichkeiten.

Schließlich steht mir via Internet die ganze Welt offen. Das nächste virtuelle Kaufhaus wird angeklickt. Ach ist das herrlich. Ohne langes Herumgerenne, einfach klick und schon ist man drinnen in der bunten Einkaufswelt und kann suchen so lange man will.

Was, ihr habt keinen gelben Blazer? Pah, dann kaufe ich eben woanders! Die Seite wird geschlossen und das nächste Geschäft angeklickt.

Hach, da ist einer, ich jubiliere, endlich, endlich, ich wusste es ja, es gibt ihn, den gelben Blazer für die vollschlanke Dame, ja, so heißt das. Flugs klicke ich auf das Bestellformular. Jetzt nur nichts falsch machen. Ich habe es sehr eilig. Der Computer kann abstürzen, ein Krieg kann ausbrechen, ein plötzlicher Katalogwechsel, die Jahreszeit kann sich ändern, oder ein ganz überraschender Trendwechsel könnte mich wieder meilenweit von meinen Träumen entfernen. Alles kann passieren.

Nichts da, jetzt oder nie. Ich tippe und tippe, vergrößere das Bild, sehe mich schon mit diesem wunderschönen Stück bewandet durch unseren Ort lustwandeln. Ich klicke auf die Farbe, gelb natürlich was sonst, klicke auf die Größe und erstarre. Gehe noch mal zurück, klicke erneut auf die Größe, das kann nicht sein, was ich da lese, ist die pure Gemeinheit, den Blazer in Gelb gibt es nicht in meiner Größe.

Unverschämtheit, Frechheit, Bevormundung, Drangsalierung schimpfe ich, aber es bleibt dabei, diesen Blazer gibt es nicht in meiner Größe und damit basta.

Das kann ja nur wieder so ein hirnrissiger Designer verzapft haben, der so klapperdünn ist, dass er beim Duschen hin und her springen muss, damit er überhaupt nass wird.

Was erlauben sich die Leute eigentlich, wer will mir denn vorschreiben, was ich anzuziehen habe. Selbst wenn ich mit einem gelben Blazer aussehen sollte wie ein explodierter Narzissenstrauß nach Ostern, dann ist das doch immer noch meine

Entscheidung. Dummerweise nützt das alles nichts. Es gibt ihn nicht größer. Was für ein Elend.

Jetzt werde ich hektisch. Ich zappe mich durch die Kataloge, wie abends durch die Fernsehsender auf der Suche nach einem gelben Blazer, der auch noch passt. So langsam werde ich verbissen und klicke Versandhäuser an, von denen ich vor zehn Jahren das letzte Mal etwas gehört habe. Es gibt sie noch, aber leider keinen na, Sie wissen schon ...

Gibt es denn in ganz Deutschland keinen gelben Blazer für mich, älteren Jahrgangs und übergewichtig, aber im Besitz einer passenden schwarzen Hose? Verflixt noch mal!

Ich klicke zu einem der bekannten Auktionshäuser, vielleicht hat ja jemand zu- oder abgenommen und verkauft jetzt seinen gelben Blazer. Es gibt Blazer in allen erdenklichen Farben und Größen. Aber keinen, den man bei aller Großzügigkeit als gelb bezeichnen könnte.

Völlig am Boden zerstört überlege ich kurzerhand, den Computer aus dem Fenster zu werfen. Allein die Aussicht auf ein heftiges Donnerwetter vonseiten der Familie und die Einsicht, dass der Computer weder etwas für mein Alter, meine Figur und schon gar nichts für meine Farbverirrungen kann, halten mich davon ab.

6

Also belasse ich es beim profanen Ausschalten. Und fange mit meiner Arbeit an. Ich hadere mit allem, vorrangig mit der Modeindustrie. Die Herrschaften sollten mal in die Geschäfte gehen, sich bei den Umkleidekabinen der Damen postieren und nur dem Seufzen, Jammern und Fluchen zuhören, dann wüssten sie auf der Stelle, dass man wohl rundlich sein kann, aber deshalb keinesfalls über die Armlänge eines Orang-Utan verfügt und außerdem auch nicht die stolze Größe von 2,30 m hat. Bei dieser Größe würde unser Gewicht ja auch stimmen! Aber auf mich hört ja keiner.

Ein Geschenk muss ich auch noch besorgen. Das ist wieder ein Tag zum Niederknien. Also erneut rein ins Auto und in den örtlichen Geschenkeladen fahren. Auf dem Weg dahin trifft mich fast der Schlag. Als ich um eine Ecke biege, geht rechts auf dem Bürgersteig eine Frau mit einer Figur wie ein Mollig-Model und gewandet - Sie können es sich denken - in einen gelben Blazer.

Instinktiv bremse ich, aber bevor ich aus dem Auto springe, der Dame entweder den Blazer vom Körper reiße oder ihr ein unverschämt hohes Kaufangebot mache, dem sie bestimmt nicht widerstehen könnte, setzt bei mir der Verstand wieder ein. Wenn ich das tue, steht morgen in der Zeitung eine Schlagzeile "Autofahrerin dreht plötzlich durch und reißt harmloser Passantin einen alten gelben Blazer vom Körper."

Die Dame macht erschrocken einen Schritt zur Seite und schaut sich Hilfe suchend um. Ich ziehe mich aus der Affäre, in dem ich auffällig nach einem Straßenschild Ausschau halte.

Vielleicht sollte ich von meinen Farbverirrungen Abschied nehmen und mich in modisches Mausgrau kleiden. So einen Blazer hätte ich zu Hause. Nee, das passt nicht zu mir, ich will was Flottes.

Schließlich schaue ich abends gezwungenermaßen öfter Werbung im Fernsehen. Da sind die Damen jenseits eines unangenehm runden Geburtstages auch immer modisch in hellblau und gelb und dererlei Farben gekleidet, egal, ob sie nun für Medizin gegen Gelenkschmerzen, für Produkte gegen Blasenschwäche werben oder eine Haftcreme für Zahnprothesen anpreisen.

Gelenkbeschwerden habe ich keine, ich schone sie ja auch immer, die Gelenke meine ich. Meine Blasenschwäche hält sich in Grenzen und Prothese habe nur eine klitzekleine.

Also weg mit dem grauen Blazer, der kommt in den Altkleidersack, soll sich doch damit eine Hundertfünfzigjährige schmücken, ich bin schließlich erst …, na ja, noch jünger, jedenfalls.

7

Noch immer kein gelber Blazer in Sicht. So langsam werde ich nervös. Es kann doch nicht sein, dass ich mein weiteres Dasein fristen muss, ohne jemals das Objekt meine Begierde zu finden. Diese Vorstellung ist einfach zu schrecklich und ich beschließe, in Zukunft weder an Blazer noch speziell einen gelben zu denken, bevor mir jemand eine Psychose bescheinigt. Ich werde die Farbe gelb jetzt und für alle Zeiten boykottieren, obwohl sie derzeit meine Lieblingsfarbe ist. Ich werde das Wort nicht mehr aussprechen und überhaupt werde ich niiiiie mehr schauen, was andere Frauen tragen, es sei denn....... Neiiiiiin.

Und außerdem werde ich nie und nimmer mehr einen Frustkauf tätigen. Also wenigstens nicht mehr in dieser Woche. Und in der nächsten auch nur vielleicht, es sei denn, es ärgert mich jemand, also auf jeden Fall nächste Woche.

Bevor ich kochen muss, ist noch ein bisschen Zeit und ich beschließe das WSHA-Syndrom zu bekämpfen. Was das kennen Sie nicht? Dann gehören Sie zu den glücklichen Frauen dieser Welt, Ihre Familie bückt sich selbst. Meine lässt bücken, nämlich mich. Ich nenne es das Wochenend-Socken-Handtuch-Aufhebe-Syndrom, eben WSHA, weil es meist nur am Wochenende auftritt, wenn die ganze Familie zu Hause ist. Eigentlich müsste ich ja froh sein, dass der liebe Gott oder wer es eben war, die Erdanziehungskraft erfunden hat, sodass alles auf den Boden fällt. Stellen Sie sich vor, sonst müsste ich jedes Mal auf einen Stuhl steigen, um die ganzen Sachen wieder einzusammeln, dann hätte ich es nicht im Kreuz, sondern in den Knien.

Sicher haben Sie ihrer Familie auch noch nicht angedroht, auf der Stelle ein Taxi zu rufen und nach Australien auszuwandern, ich schon – ohne den geringsten Erfolg. Selbst wenn ich es täte, käme niemand auf die Idee, das in einen Zusammenhang mit den vermaledeiten Socken und Handtüchern zu bringen. Wieso auch, selbst schauen sie nur auf den Boden, wenn sie sich die Schuhe anziehen und dann haben sie die von mir aufgehobenen und selbstverständlich gewaschenen Socken ja bereits wieder an.

8

Bei meinem Gang durch das Haus treffe ich auf sage und schreibe fünf Teetassen. Tee muss sehr gesund sein, ob er allerdings noch gesünder ist, wenn man fünf Tassen im Haus deponiert, weiß ich nicht so genau.

Inzwischen hantiere ich energisch mit dem Staubwedel, schließlich muss sich auch Staub bewegen, einmal aufgescheucht und gleich wieder niedergelassen. So ein Staubleben ist was Feines. Ganz in Gedanken wedele ich so vor mich hin, über allerlei Krimskrams, der nur herumsteht, damit der Staub es etwas gemütlicher hat, wer liegt schon gerne auf dem blanken Holz, da merke ich, dass ich zum zweiten Mal über einen seltsamen Gegenstand streiche. Ich schließe die Augen, öffne sie wieder, das Ding ist noch da, ich blinzele, zweifle ernsthaft an meinem Verstand, aber tatsächlich, mitten in den Regalen, zwischen einem Glaspferd und einer Kristallschale liegt eine Bohrmaschine.

Nicht schon wieder stöhne ich leise vor mich hin. Die muss ich übersehen haben, denn ab und zu ist auch in unserem Haus etwas zu reparieren. Sofort begibt sich meine Familie freudig erregt in den Keller, um das Werkzeug zu holen, froh, dass ich nicht schon wieder diese ewige Sockenlitanei herunterbete. Nach eifrigem Hämmern, Sägen oder Klopfen ist der Schaden behoben, die Leistung wird von mir selbstverständlich gebührend bewundert, man weiß ja, was der Hausfrauen Pflicht ist. Und während sich der Rest der Familie auf der Couch von den Anstrengungen des Reparierens erholt, sammle ich das Werkzeug ein und bringe es wieder in den Keller. Ich gebe es ungern zu, aber sämtliche Versuche, meine Familie zur Ordnung zu erziehen, sind kläglich gescheitert.

Selbst Beweisfotos riefen nur herzliches Gelächter hervor. Bis ich eines Tages wutentbrannt alles auf einen Haufen schmiss und eine halbe Stunde später unverhoffter Besuch vor der Tür stand. Seitdem bücke ich mich wieder, es ist ja schließlich nur einmal in sieben Tagen Wochenende.

Ach, Sie wollen wissen, was ich im Urlaub mache? Ganz einfach, da mutiere ich zum Vierfüßler.

9

Also, ich bin wirklich mit der unordentlichsten Familie auf dieser Erde gesegnet. Und das mir, wo ich doch die Zeit mit soviel anderen Dingen als Aufräumen und Putzen verbringen könnte. Zum Beispiel Ideen haben. Das ist wirklich ein magisches Wort. Magisch deshalb, weil die einfallsreichste aller Gattinnen des Öfteren den Satz fallen lässt: "Ich habe eine Idee" - und schon trifft sich der Rest der Familie unter dem Tisch, weil das verdammt nach Arbeit riecht.

Nun ist die ungeduldigste aller Frauen ja mit dem geduldigsten aller Männer zusammen, der nach so vielen Jahren sowieso weiß, dass Arbeitsverweigerung nichts bringt, also setzt der beste Mann von allen alles in die Tat um, was seiner Frau so einfällt und das ist einiges. Das reicht von baulichen

Veränderungen im Garten bis hin zu komplett umzuräumenden Zimmern nachts um halb zehn, nur um dann um 22.30 Uhr dem schwitzenden Partner zu erklären, dass alles vorher doch viel besser aussah.

Wir haben schon bis fünf Uhr morgens tapeziert, weil die ideenreiche Dame des Hauses am Samstagmorgen beschloss, dass es jetzt endlich an der Zeit sei, das Wohnzimmer zu tapezieren.

Der Tapetenladen ist nun leider nicht unser direkter Nachbar und das Aussuchen einer Tapete bedarf ja gründlichster Überlegung. Wie schnell hat man sich zu einer Wand mit Herbstlaub verstiegen, wo doch Palmen am Strand viel schöner wären. Es dauert also alles seine Zeit.

Nach dem anstrengenden Einkauf aller nötigen Utensilien mussten wir uns erst einmal stärken. Meine Tapezierlust hatte sich inzwischen so ziemlich verflüchtigt, aber jetzt war der Hausherr nicht mehr zu halten. So wurde nachmittags um halb vier das komplette Wohnzimmer ausgeräumt, und zwar so, dass man die Küche nur noch mit einer gigantischen Klettertour über Couch und Sessel erreichen konnte, aber das machte nichts, wir waren ja sportlich.

Der Leim wurde angerührt, der Tapeziertisch aus dem Keller geholt. Die Leiter musste quer über die Möbel geschoben werden, aber so kurz nach Einbruch der Dunkelheit konnten wir die erste Bahn an die Wand kleben. Unsere Söhne halfen fleißig mit, schielten aber immer häufiger auf die Uhr. Das konnte nur bedeuten, sie hatten etwas vor. Großzügig wedelten wir mit der Hand, was da heißen sollte, den Rest schaffen wir alleine.

Es muss so gegen ein Uhr nachts gewesen sein, als die jungen Leute wieder antrabten in der Erwartung, wir wären fertig. Aber leider, leider war dem nicht so, wir hatten immerhin eine weitere Tapetenbahn an die Wand geklebt. Das Gelächter habe ich heute noch in den Ohren. Flugs wurden wir wieder zu Handlangern degradiert und siehe oben, um vier Uhr morgens waren wir fertig und konnten dann endlich nach der bereits erwähnten Klettertour über alle Möbel unsere Betten aufsuchen.

Am nächsten Morgen fanden wir die ganze Sache nicht mehr so lustig, weil wir nämlich nun auch noch den Sonntag damit verbringen mussten, das Haus wieder in seinen Normalzustand zu versetzen.

10

Wir haben ja alle so unsere kleinen Meisen, ich z. B. ertappe mich des Öfteren dabei, dass ich mit dem Staubsauger spreche, der antwortet nur mit Ratter-die-klapper, und schon ist wieder etwas Wichtiges verschwunden. Dann werden flugs Gummihandschuhe übergezogen, der Müllbeutel durchsucht, um dann festzustellen, es war ein Stück Holz, welches die Hunde mit hereingebracht hatten. Der Herr des Hauses hingegen unterhält sich mit seinem Computer. Das ist bequem, einen Computer kann man loben, beschimpfen, zur Not aus dem Fenster werfen, er beschwert sich höchstens mit dem Satz "Dieser Vorgang wird wegen Was-weiß-ich geschlossen." Dann allerdings flucht Mann. (Frau übrigens auch).

Also wirklich ein Computer ist unersetzbar, das muss ich zugeben. Statt mal kurz im Telefonbuch zu blättern, um eine Nummer ausfindig zu machen, was höchstens 10 Sekunden dauert, wird der Computer hochgefahren, das Internet aktiviert, dann die entsprechende Homepage aufgerufen, Name und Ort eingegeben und siehe da, schon nach fünf Minuten und genau 53 Sekunden erscheint auf dem Bildschirm: "Diese Nummer ist nicht vorhanden." So ein Computer ist wirklich praktisch.

Aber wir wollen natürlich nicht ungerecht sein. Selbstredend kann man auch gut arbeiten mit einem Computer.

Vor sieben Jahren habe ich in einer der gängigen Briefreundschaftssuchangelegenheiten meinen Namen eingegeben. Fortan bekam ich aus allen Teilen der Welt Mails.

Aus Afrika, aus Kasachstan, mehrere aus Amerika und auch aus Japan. Ich antwortete überall freundlich, ließ mich nicht aushorchen und nach einer Weile schlief die ganze Sache wieder ein, weil man sonst den ganzen Tag am Computer verbringen müsste, und dabei gibt es doch wirklich Wichtigeres zu tun. Sie wissen schon. Nicht, dass das hier vergessen wird.

Eine Mail war dabei, die kam aus Kanada. Es entwickelte sich ein wirklich interessanter Briefwechsel und nun mailen wir seit Jahren täglich hin und her. Teilen via Internet Sorgen und Freuden miteinander. Telefonieren ab und zu und pflegen inzwischen eine herzliche Freundschaft. Und auch das darf erwähnt werden, ich war sogar schon zweimal drüben in Kanada. Eine wahre Bereicherung zwischen all dem Staubgewische, Sockensortieren und außerdem kann man noch etwas für seine Allgemeinbildung tun. Weil die Freundin kein Wort deutsch spricht, muss das Ganze in Englisch stattfinden und Sie werden es noch merken, manchmal ist es wichtig, Englisch zu sprechen.

Der japanische Pen-pal war sehr anhänglich, hatte aber wirklich ganz andere Interessen als ich. Weil ich Japan sehr zugetan bin, habe ich noch eine Zeit lang freundlich geantwortet und es dann sein gelassen.

11

Wir sind eine ziemliche Multi-Kulti-Familie. Durch unsere Kinder haben wir oft Besuch aus dem Ausland. Sehr häufig auch aus Japan. Es ist wirklich interessant, die Gepflogenheiten zu beobachten.

Japaner, speziell die älteren, verbeugen sich unentwegt, den ganzen Tag und immer bis fast auf den Boden. Eine wirklich liebenswerte Angelegenheit. Aber wehret den Anfängen, nach kürzester Zeit werde ich persönlich zum Japaner und verbeuge mich fast noch häufiger, wenn auch nicht so tief. Soweit mein untrainiertes Kreuz es eben zulässt.

Kürzlich hatten wir längeren Besuch von einer älteren Dame, die sich, wo sie ging und stand, immer tief verbeugte und ich natürlich mit. Vor lauter Verbeugen kam ich kaum zu meiner Arbeit.

Am Wochenende musste ich mit meinem Mann in die Stadt fahren und dort trafen wir in einem Kaufhaus einen Kollegen. Mein Mann machte uns bekannt und was tat ich, Sie ahnen es schon, ich verbeugte mich typisch japanisch, Hände zusammengelegt. Als ich wieder in der Senkrechten auftauchte, sah ich den erschrockenen Blick des Kollegen, der zwischen meiner rundlichen keinesfalls japanisch anmutenden Statur und meinem Mann hin- und herirrte. Ich murmelte: "Ich besorge noch schnell etwas", und weg war ich hinter dem nächsten Kleiderständer. Dort wartete ich ab, bis die Luft wieder rein war. Aber mein Lebensabschnittsbegleiter, kurz LAB hat die Angelegenheit geklärt, ich musste nicht irgendwohin gebracht werden, wo man mich vielleicht nicht mehr rausgelassen hätte. Aber ich ertappe mich ab und zu dabei, dass ich mich verbeuge und auf Japanisch Domo arigato, also danke, sage, eines der wenigen Worte, die ich in dieser Sprache kann.

12

Inzwischen habe ich allem Staub im Haus einmal zu einer gesunden Bewegung verholfen und beschließe, ein bisschen zu bügeln. Und weil bügeln reichlich langweilig ist, mache ich mir ein Hörbuch an.

Gedankenverloren plätte ich so vor mich hin, als etwas meine Nase kitzelt. Ein merkwürdiger Geruch. Irgendwie brenzlig. Nun denn, das Bügeleisen ist wohl zu heiß, ich schalte ein wenig runter und lasse mich nicht von meiner Arbeit abbringen. Nach einer halben Stunde, das Hörbuch ist äußerst spannend, merke ich, dass es immer noch merkwürdig riecht. Interessiert betrachte ich die Unterseite des Bügeleisens – nichts. Das war nun wirklich schon etwas ungewöhnlich. Also mache ich eine Pause und gehe durch das Haus. Ich kann aber nichts finden. Es riecht eindeutig verbrannt. Als Letztes marschiere ich in den Keller und tauche auf der Treppe unversehens in eine leicht bläuliche Qualmwand.

Augenblicklich verwandelt sich meine Trägheit in reine Panik. Ich brülle nach oben: "Es brennt!" Von oben kommt ein gelangweiltes: "Was ist los?" Nun kreische ich und schon besinnt sich der Jungfeuerwehrmann auf seine Pflichten und kommt mit dem Feuerlöscher angerannt. Aber wir finden keinen Brandherd, bis mein Blick auf den Trockner fällt, der bei jeder Umdrehung heftige Qualmwolken ausstößt. Huch, denke ich so vor mich hin, und nochmals huch, reiße den Stecker aus der Steckdose und will mir flugs Unterstützung via Telefon bei meinem LAB holen. Der sagt zwei Dinge, erstens das Wort, welches mit Sch ... anfängt und unanständig ist und zweitens, dass er keine Zeit hat, weil er in einer Besprechung ist. Man fasst es aber nun wirklich nicht mehr.

Mir bleibt nichts übrig, als die Feuerwehr zu rufen. Bei uns auf dem Dorf wird so etwas zentral geregelt über die nächstgrößere Stadt.

Dort will man mich sofort in die Kategorie Scherzkeks einordnen, nur weil ich sage, die Feuerwehr kennt unser Haus. Kurz bevor der Mann auflegt, erkläre ich ihm, dass wir im selben Jahr schon einmal Wasser im Keller hatten.

Das beruhigt ihn und er mich, indem er erklärt, dass sofort jemand käme.

Eigentlich habe ich meine Fassung längst wieder gewonnen und ich erwarte einen kleinen Trupp mit einem Handfeuerlöscher, als plötzlich vor unserem Haus vier Feuerwehrzüge mit der dazugehörigen Mannschaft vorfahren, die sehr professionell den Brandherd suchen und in kürzester Zeit alles im Griff haben.

Draußen haben sich mittlerweile die halbe Dorfgemeinschaft sowie ein Reporter von der Zeitung versammelt. Aber da ist auch schon alles wieder vorbei und ich kann endlich den Rest vom Hörbuch hören und die letzten Oberhemden des LAB, des beschäftigten, bügeln.

13

Aber ich schweife ab, noch immer kein gelber Blazer in Sicht. Nachdem, was bei uns immer los ist, wird man jetzt sicher verstehen, dass ich unbedingt unter allen Umständen und jetzt sofort einen gelben Anti-Frust-Blazer brauche. Und sollte ich jetzt nicht gleich einen finden, dann brauche ich sofort einen größeren Geldbetrag, um auf Weltreise zu gehen. Irgendwo wird es doch einen gelben Blazer geben. Sonst kommt doch auch alles aus China und Taiwan.
Weil ich aber natürlich wie Ottilie Normalverbraucher nicht über solche Beträge verfüge, muss ich irgendwo das Geld auftreiben. Hat da nicht vorgestern jemand in einer Quizshow eine Million gewonnen? Meine Fantasie galoppiert schon wieder von dannen. Von einer Million Euro könnte ich

mir nach Abzug der Beteiligungen für den Herrn des Hauses, den geduldigen und den Kindern, ungefähr murmel, murmel – auf jeden Fall eine ganze Menge Blazer kaufen, wenn ich denn welche fände. Also greife ich zum Händika-Schnur, sprich meinem Mobiltelefon und schreibe eine Bewerbungs-SMS an eine Quizshow, beantworte richtig die Frage und warte.

Drei Tage später, ich verteidige gerade mein Mittagessen gegen die Hunde, klingelt das bewusste Handy und eine Mitarbeiterin der Quizshow ist dran, fragt mich dies und das, ob ich alleine sei, jawohl, nur drei Hunde und dann muss ich in Höchstgeschwindigkeit mehrere Fragen beantworten. Keine Wahlmöglichkeit zwischen vier Antworten. Nee, so aus dem Stegreif und mit knurrendem Magen. Fragen, die in etwa alle

Wissensgebiete abklopfen. Ich soll die nächsten Tage wieder von ihnen hören, oder auch nicht. Ich denke eher oder auch nicht und lasse China und Taiwan gedanklich sausen, rufe erschöpft den LAB den guten an und was sagt der? "Ach, die haben vorher bei mir angerufen, ich konnte aber nicht drangehen." Ich fasse es langsam nicht mehr. Da schwindet sie hin, die Million, zum Greifen nah, habe ich gedanklich doch schon meine Telefonjoker eingeteilt.

Weil es nun beim Lotto und Quiz eh nie klappt, muss ich mich wohl mit den innerdeutschen Gegebenheiten abfinden. Tschüss Weltreise, tschüss China und Taiwan. Ich komme definitiv nicht. Mit einem Riesenplumps lande ich auf dem Boden der Tatsachen und arbeite jetzt endgültig weiter.

Ich hatte ja gehofft, zwischen all den

schmutzigen Socken und feuchten Handtüchern hätte sich ein Wunder ereignet, in Form von, na Sie wissen schon, aber nee, nur das Übliche.

Können pubertierende Kinder eigentlich auf Gemeckere beim Essen Gewohnheitsrecht geltend machen? Interessante Frage.

14

Nachdem wir das auch hinter uns haben, beschließe ich, ein bisschen in meinem Nähzimmerchen aufzuräumen.

Umgehend ziehe ich mich mit einem Kaffee und hochgekrempelten Ärmeln zurück und fange an. Die Stoffe sortiere ich nach Größe der Stücke und dann erstarre ich. Was blinzelt mich denn da zwischen all den Resten an. Sie vermuten es schon, jawohl die Farbe gelb. Ein schöner Wollstoff, den ich vor Jahren mal für irgendetwas gekauft und dann völlig vergessen hatte.

Aha, blitzt es durch mein Oberstübchen. Ihr ungezogenen Kaufhäuser, ihr klapperdürren Designer, ich werde euch austricksen, wenn ihr mir keinen gelben Blazer verkaufen wollt, dann nähe ich mir selber einen. Irgendwo muss doch noch ein Schnitt sein, ich krame und krame, aber ich finde ihn nicht und ehrlich gesagt, soweit ist es mit meinen Nähkünsten auch nicht her. Ich überlege krampfhaft, da habe ich den Stoff, im Kopf schwirrt mir die genaue Vorstellung von dem zu nähenden Stück herum. Was also tun?

Eine Schneiderin muss her. Schlagartig beende ich meine Aufräumungsarbeiten, es ist eh hoffnungslos, und schaue im Branchenbuch nach, ob es hier eine Schneiderin gibt. Es gibt sie, die Glückliche, die jetzt gleich einen neuen Auftrag bekommt. Es sind ja schließlich schlechte Zeiten.

Sofort rufe ich an. Sie kann mich eben dazwischenschieben, und ich mache mich auf den Weg bewaffnet mit dem Stoff und der Vision eines gelben Blazers.

Dort angekommen wandert der professionelle Schneiderinnenblick unauffällig zwischen meiner Figur und dem Stoff hin und her, aber sie wagt es nicht, etwas zu sagen.

Umgehend werde ich vermessen und mit einem ersten Termin zur Anprobe entlassen. Gut, gut, er ist in Arbeit, der Heißersehnte. Hinweg ihr unfreundlichen Geschäfte, weg mit euch Katalogen, ihr findet keinen Weg mehr in mein Haus. Nun kann der Mensch, speziell eine Frau mit dem Beruf Familienmanagerin nicht einfach tatenlos ihre Zeit mit warten verplempern.

Also gehe ich meiner Arbeit nach, was da heißt als Nächstes einkaufen. Nein, nein keinen Frustkauf, sondern schlichtes Einkaufen der üblichen Lebensmittel.

Schnell fahre ich zum Supermarkt. Nur nicht zu lange wegbleiben vom Telefon. Vielleicht wird die Anprobe vorverlegt.

Im Geschäft lauert er schon wieder der Frust,

der muss mich verfolgen.

Zuerst marschiere ich zum Obst, das heißt, ich kann ja gar nicht anders. Die Regale sind so angeordnet, dass jeder garantiert auch überall vorbeikommt. Und alle paar Jahre wird alles umgestaltet, um die Kunden von ihren Trampelpfaden zu locken. Das geht ja nun gar nicht, dass man ein Geschäft betritt und nur das einkauft, was man wirklich benötigt.

Also zum Obst und Gemüse. Hach, die spinnen wohl die Römer, ein Kilo Tomaten 6.99 Euro. Ich fasse es nicht, das sind ja umgerechnet knapp 14.00 DM. Also wirklich, das ist Wucher.

Also keine Tomaten bei uns. Es geht auch mal ohne, aber ein paar deutliche Worte an entsprechender Stelle müssen schon sein. Es grenzt an Magie. Nun haben wir den Euro ja schon eine ganze Weile, aber immer noch rechne ich um. Zu auffallend war es dazumal, als die neue Währung eingeführt wurde. Einfach die DM wegklicken und den Euro davorsetzen und schwupps schon hatte man die Kundschaft übers Ohr gehauen. Wenn das keine Zauberei ist.

Liebe Regierung, da habt ihr uns wirklich ein Ei gelegt, so ziemlich alles kostet das Doppelte, nur unsere Gehälter sind um die Hälfte geschrumpft. Das ist ganz leicht zu durchschauen. Man tappt in die visuelle Gewohnheitsfalle, ach das kostet 1,99, na ja, das geht ja noch. In DM mag es ja eventuell angemessen gewesen sein, aber jetzt ist es glatt das doppelte. Ich weiß das genau, weil ich ab und an auch in diese Falle tappe. Also rechne ich immer noch um.

Da gibt es nur eines, wenigstens bei mir, was

mir als Wucher erscheint, siehe die Tomaten, wird boykottiert.

Und immer schön das machen, was wir eigentlich schon lange nicht mehr tun sollen, nämlich umrechnen. Warum wohl? Ja genau deswegen, damit wir nicht merken, wie uns das Geld aus der Tasche gezogen wird.

15

Die erste Anprobe rückt näher, ich freue mich, kann ich doch jetzt endlich sehen, wie ich in dem gelben Blazer aussehen werde. Edel kann ich nur sagen, ein bisschen rundlich vielleicht, aber das bin ich auch ohne Blazer. Meine Entscheidung war richtig. Nächste Woche kann ich ihn abholen.
Die Zeit vergeht quälend langsam, bis es soweit ist.
Am Tag kann ich mich ja noch ablenken, aber nachts schwelge ich in Vorfreude. Wie werde ich aussehen in dem guten Stück. Zusammen mit der edlen schwarzen Hose bestimmt richtig vornehm. Ich versteige mich in Gedanken schon zu einem passenden Hut, der würde dem Ganzen doch noch den richtigen Pfiff geben.
Neben mir liegt mein LAB und beteiligt sich

wieder an den imaginären kanadischen Holzfällermeisterschaften. Was da heißen soll, er schnarcht wie ein Weltmeister. Bei diesem Lärm kann aber auch wirklich niemand schlafen. Nicht einmal die Tiere. Emma, einer unserer Hunde, hat ihren Erzfeind gehört, unseren Kater Jimmy. Die beiden können sich absolut nicht ausstehen, was die eine mit heftigem Gebelle, der andere mit wildem Fauchen zum Ausdruck bringt. Jimmy ist wieder einmal eine Stufe zu weit nach unten gegangen und das war zu viel. Das kann Emma nicht zulassen. Also springt sie mit einem mutigen Satz über die Absperrung. Unser alter, zuckerkranker Kater denkt sich, 'das geht nicht gut aus', wetzt so schnell es seine 16 Jahre zulassen zu uns ins Schlafzimmer und verschwindet wild fauchend unter einer Kommode. Der

Hund bellt wie verrückt und versucht unter die Kommode zu kommen. Der Kater schreit, faucht und knurrt, alles, was so ein Katzentier halt von sich geben kann. Es geht zu wie im Tollhaus. Aber Sie ahnen es schon, der Herr des Hauses wird selbst davon nicht wach. Ich springe aus dem Bett und verscheuche den Hund, bei dem Kater brauche ich es gar nicht erst zu versuchen, der bleibt garantiert noch eine Stunde, wo er ist.

Nachdem Emma wieder da ist, wo sie hingehört, kann ich endlich ins Bett steigen und weiter träumen.

16

Als ich am nächsten Morgen mit fast geschlossenen Augen runterkomme, liegt der kleine Dackel auf dem Rücken und streckt die Beine steif in die Luft. Oh Gott denke ich, mein Lottchen und die ersten Tränen versammeln sich, um gleich wie eine Sturzflut über mein Gesicht zu rinnen. Von allen Dackeln dieser Welt ist Lotta der Star. Eigentlich hat sie einen anderen Namen, aber wer ruft schon "Zera von der Waldlerklause", wenn es eilig ist. Also wurde sie flugs in Lotta umgetauft. Sie ist klein und rund, erhebt sich majestätisch nur zu den Mahlzeiten, um dann gleich wieder hinter ihrem Sofakissen zu verschwinden.
Aber nein keine Panik, sie ist nicht verschieden, aber sie steht kurz davor. Jemand hat vergessen, die Butter wieder in

den Kühlschrank zu stellen. Und das war Anlass genug für eine konzertierte Aktion. Emma, die größte unserer drei Hunde, hat die Packung herunter geangelt, Lotta, die kleinste, hat sich wahrscheinlich wenigstens die Hälfte einverleibt. Jetzt liegt sie kurzatmig auf dem Sofa mit entsetzlichem Herzrasen und ich befürchte das Schlimmste. Ein langer Spaziergang hilft nicht sehr viel. Ich lasse alles andere sein, vergesse sogar den gelben Blazer und massiere meinem Lottchen mit Inbrunst den Bauch. Das findet sie wunderschön, endlich kümmert sich mal jemand ausschließlich um sie. Auch wenn der Bauch kneift und das Herz rast. Es nützt alles nichts, die Butter bleibt, wo sie ist, nämlich als ein riesiger Pfropfen in ihrem Magen. Ein paar Stunden später kommt die ganze Angelegenheit wieder zutage in Form von heftigem Erbrechen und wir brauchen einen neuen Teppichboden. Der Hund fühlt sich erheblich besser und schielt schon wieder nach Essbarem.

Der Tierarzt sagt, ich soll ihr ein Zäpfchen geben. Aber haben Sie schon einmal einem Dackel ein Zäpfchen gegeben? Ich jetzt schon. Einen Tag später ist alles wieder in Ordnung.

17

Ach ja unsere Tiere, mal sind es mehr, mal weniger. Normalerweise haben wir im Haus drei Hunde und den bereits erwähnten alten Kater. Im letzten Winter gesellten sich ein paar Mäuse dazu, draußen war es bitterkalt, da dachten sie sich wohl, gehen wir in die Küche und machen es uns dort gemütlich. Auf unsere Hunde als Mäusefänger konnte ich nicht zählen, die trauen uns mittlerweile zu, dass noch ein Elefant in die Familie aufgenommen wird, und betrachteten die Mäuse einfach als neue Hausgenossen.

Wir stellten Fallen auf, Lebendfallen natürlich, weil wir ja keine Tiermörder sind. Und tatsächlich am nächsten Morgen saß eine Maus drin, und schaute uns böse an. Wir tauften sie Esmeralda die Küchenmaus, es muss ja schließlich alles seine Ordnung haben, und sie wurde wieder in den Garten befördert. Am nächsten Tag saß erneut eine Maus in der Falle – the same procedure, aus die Maus, nämlich raus die Maus.

Ich brauche es nicht extra zu erwähnen, siebenmal saß eine Maus in der Falle. So langsam fand ich es nicht mehr lustig. Aber um nichts in der Welt hätte ich eine der gängigen Kopfabfallen genommen.

Die erfinderische Frau von heute weiß sich anders zu helfen. Da es gerade um die Weihnachtszeit war, stand bei uns eines dieser Goldsprays herum, mit denen man die Tannenzweige verschönern kann.

Als die Maus das nächste Mal in der Falle saß, sprühte ich ihr das Schwänzchen golden an, um wenigstens herauszukriegen, ob sich da eine Familie mit Onkel, Tanten,

Nichten und Neffen, Oma und Opa bei uns eingenistet hatte, oder ob sich immer wieder dieselbe Maus zurück in die warme Küche schlich. Und außerdem sollte sie es auch ein bisschen weihnachtlich haben.

Und dann kam der Tag, an dem ich fast die Nerven verloren hätte. Morgens um sechs, als ich mit halb geschlossenen Augen die Treppe hinunter kletterte, sah ich auf dem Teppich eine sogenannte Tretmine liegen. Au weia, da hatte sich ein Hund vergessen. Dann ging ich weiter und stellte fest, dass unsere Hunde verrückt geworden sein müssen, einer hatte sich übergeben. Ich entsorgte auch das, meine Laune war zum Fürchten. Ich tappte in die Küche, wusch mir die Hände und wollte sie mit einem herumliegenden Handtuch abtrocknen, als mich etwas heftig in den Daumen biss.

'Hach', dachte ich, und noch einmal 'Hach', Esmeralda unsere Küchenmaus hatte sich in dieses Handtuch gebettet und fühlte sich nun gestört.

Mit einem Reaktionsvermögen, welches ich mir zu der morgendlichen Stunde und ohne den ersten Kaffee des Tages selber nicht zugetraut hätte, wickelte ich das Handtuch um die wild zappelnde Maus und rannte damit auf den Flur, um nach dem Herrn des Hauses zu rufen, aber der schlief wie immer den Schlaf des Gerechten und hörte nichts.

Meine Stimme wurde um mindestens drei Oktaven höher, außerdem nahm die Lautstärke die Phonzahl eines Presslufthammers an und siehe da, oben erschien der Gatte der Göttliche. Ich erklärte ihm, dass ich die Maus in diesen meinen Händen hielte und nun erwartete, dass er seinen hausherrschaftlichen Pflichten nachkäme, das Tier unversehrt hinaus zu befördern, und zwar soweit weg, dass es nicht gleich wieder in unserer Küche sitzt.

Der Gatte der Gute sprang in die Hosen und machte sich auf den Weg, um Esmeralda die Freiheit zu schenken. Die konnte es aber überhaupt nicht begreifen, wieso diese tierliebe und freundliche Familie plötzlich so herzlos war. Sie fand es gar nicht lustig, aus ihrem warmen Bettchen geworfen zu werden, und klammerte sich energisch daran fest. Nichtsdestotrotz musste sie in ihre natürliche Umgebung zurück, auch wenn es ziemlich kalt war. Jetzt war endgültig Schluss mit lustig.

Man soll ja nun die Intelligenz von so einem kleinen Tierchen nicht unterschätzen, am nächsten Tag fand ich eine ertrunkene Maus in unserem Gartenteich. Wie schrecklich! Nun wird mich für die nächsten Jahre die Frage beschäftigen, war es nun Goldschwänzchen Esmeralda oder nicht. Vor Schreck habe ich nämlich vergessen zu schauen und habe ihr einfach ein würdiges Begräbnis verbunden mit ein paar mitfühlenden Gedanken in der Biotonne zukommen lassen. Anschließend wartete ich unruhig, ob eventuell die ganze bucklige Mäuseverwandtschaft zur Beerdigung anrückt und auf einen Leichenschmaus in unserer Küche hofft.

18

Unsere Tiere haben ja einen besonderen Status in unserem Haus. Wir wissen das und die Tiere wissen und verteidigen das auch.

Wir sind also ständig besorgt um deren Wohlergehen. Der Tierarzt kann uns schon in gewissen Abständen fest einplanen. Die große Emma leidet heftigst unter lauten Geräuschen und Autofahren ist schier unmöglich mit ihr, sie muss also Silvester etwas zur Beruhigung haben. Lotta hat ob ihres Alters Probleme mit der Schilddrüse. Aber unser absoluter Härtefall ist Willi. Im Welpenalter wurde er schon von einer Diabetes befallen. Der Tierarzt meinte, ob ich mir zutraute ihn jeden Tag zu spritzen. Na klar, schließlich hatte ich ja sehr lange unseren alten Kater gespritzt.

Nun bestehen ja gewisse Unterschiede zwischen einem 16 Jahre alten, sehr geduldigen Kater und einem Irrwisch von Welpen, der absolut nicht stillhält. Die Spritze musste er in den Nacken bekommen. Und wie immer, wenn man jemanden braucht, war niemand da. Also bereitete ich die Spritze vor, setzte Willi auf den Tisch, zog das Fell etwas hoch, ganz nach Vorschrift und just in dem Moment, als ich beherzt zustach, wollte Willi sehen, was ich da machte und drehte sich um. Die Spritze sauste durch sein Fell, auf der anderen Seite wieder hinaus und mit Schwung in meinen Daumen. Ich war so perplex, dass ich wohl vor Schreck nicht abgedrückt hatte. Von da an wurde Willi nicht mehr gespritzt, sondern von Zeit zu Zeit untersucht. Die Diabetes hat sich wieder verflüchtigt. Mein Daumen ist natürlich lange verheilt, aber das Grinsen meiner Familie spricht Bände.

19

Nicht nur, dass ich mir selber Spritzen verpasse, die eigentlich der Hund bekommen soll. Es passieren schon noch andere Dinge in unserem Haus.

Der besagte Willi litt plötzlich an merkwürdigen Krämpfen. Nach langem Hin und Her stellte sich heraus, er hat Epilepsie. Nun bekommt er täglich zweimal eine viertel Tablette und es ist alles im Lot.

Vor einigen Jahren saß ich zu Silvester mit meinem LAB vor dem Fernseher und wir schauten uns eine der langweiligen Komödien an, die allen Leuten zugemutet werden, die den Jahresausklang nicht auf einem Ball oder mit Freunden erleben wollen, sondern einfach zu Hause bleiben. Will sagen, das Programm ist jedes Jahr noch entsetzlicher. Aber nichtsdestotrotz, wir schauten zu. So gegen 22.00 Uhr fiel mir ein, ich musste noch eine Tablette nehmen. Also tappte ich in die halbdunkle Küche, griff nach der Schachtel, nahm schnell meine Medizin und eilte wieder auf das Sofa, um von der 11. Wiederholung auch nichts zu verpassen. Es muss so gegen 23.00 Uhr gewesen sein, die Komödie war lange vorbei, als sich der Fernseher plötzlich von mir entfernte. Jawohl, ich saß auf dem Sofa, aber der Fernseher verschwand. Ich blinzelte einmal, zweimal, der Fernseher wurde irgendwie immer kleiner und verschwommener. Mir wurde reichlich unheimlich. Ich stammelte ein "Mir ist so komisch" vor mich hin, aber der Gatte achtete nicht sonderlich auf mich. Dann hatte ich einen letzten lichten Moment und schaute auf die Tablettenschachtel und alles war klar. Ich hatte die Schachteln verwechselt und dem armen Willi eine Tablette gegen Epilepsie weggefuttert.

Gern wäre ich in Panik verfallen, ich röchelte noch, "bring mich ins Krankenhaus", aber mein LAB hatte schon den Beipackzettel gegriffen und nachgelesen, was so alles passieren konnte. Mein Kopf war mittlerweile auf das Sofa geplumpst. Ich war zwar bei mir, konnte ob der ungewohnten Tablette aber kaum noch sprechen.

Dann war es Mitternacht, das Geknalle nahm ich nur als leichten Donner wahr. Als die Kinder anriefen, der eine aus Hamburg, der andere aus Prag, musste der Gatte der Verwunderte sagen, ich wäre völlig außer Gefecht gesetzt, weil ich seit Neuestem Willis Tabletten als Nachspeise äße. Das Lachen, das aus dem Hörer drang, konnte ich noch verfolgen, dann fiel ich in einen zweitägigen Schlaf. Zwischendurch habe ich dann doch einen Arzt aufgesucht, weil es mir etwas bänglich ums Herz war.

Der konnte nur mit Mühe ernst bleiben und sagte mir lapidar, ich müsste jetzt meinen Rausch ausschlafen und das wäre es dann. Nach einem weiteren Tag konnte ich wieder aktiv am Leben teilnehmen.

Als Nachsatz muss ich noch kurz zitieren: "Wer den Schaden hat, braucht für den Spott nicht zu sorgen", denn zum nächsten Weihnachtsfest bekam ich von einem Sohn einen Hundefutternapf und Hundespielzeug geschenkt. Erst zieht man die Kinder groß und dann werden sie frech.

20

Ach ja, der bereits erwähnte alte Kater hatte auch so seine Marotten. Er versteckte sich liebend gern an Orten, wo man ihn wirklich nicht vermutete. Eines Tages, als ich einen Pullover aus dem Schrank nehmen wollte, griff ich in etwas Weiches, Bewegliches. Ich schrie wie am Spieß und war nahe am Herzstillstand, bis ich nach einer Schrecksekunde begriff, Jimmy hatte sich in meinem Schrank verkrochen. Also wirklich!

Jeder Mensch hat so seine Angewohnheiten. Ich hasse Nachthemden und Schlafanzüge, also schlafe ich immer nur in der Unterhose und – mit dicken Socken. Der liebe Gott steh' mir bei, dass ich nachts mal aus dem Haus muss, weil es brennt, dann finde ich mich flugs in diesem Aufzug im Garten wieder. Ach herrje, lieber nicht.

Also eines Morgens, ich war im Bad und schlief auf der Toilette noch ein bisschen weiter, als mich plötzlich von hinten etwas ansprang. Bei mir setzte sofort die viel zitierte Schnappatmung ein. Jimmy hatte auf einem Regal genächtigt und fand, jetzt wäre es Futterzeit und ich solle hier nicht so lange auf dem Klo herumsitzen, sondern mich flugs an die Futterdose begeben. Der Abgang über das Regal war ihm wohl zu gefährlich, so nahm er meinen Rücken als Landeplatz, weil es aber ziemlich steil bergab ging und ich wieder einmal brüllte wie ein wildgewordener Stier, fuhr er auch noch die Krallen aus, um ein Bremsmanöver einzuleiten.

Meine schon sprichwörtliche Tierliebe verflüchtigte sich einen kurzen Augenblick, und ich stieß Morddrohungen in Richtung des Katers aus. Den störte das aber mitnichten, er war schon auf dem Weg nach unten und schielte nach dem Futternapf.

21

Während ich so vor mich hin warte, ungeduldig selbstredend, solange kann das Nähen eines profanen Blazers doch nicht dauern, fällt mir wieder die Geschichte mit der Seefahrt und dem baking-powder ein.
Meine Kinder, mein Dank ist ihnen für alle Zeiten gewiss, schenkten mir zu einem unsäglich runden Geburtstag eine Seereise auf einem Frachtschiff. Toll! Mein Geburtstag ist im Herbst und im Herbst ist es ja meistens windig bis stürmisch, also verschob ich die Reise erst einmal. Kein Mensch würde jemals auf die Idee kommen, dass ich schlicht und ergreifend Angst hatte. So allein auf einem Schiff umgeben von der ganzen Crew und unzähligen Containern und dann über das elend nasse Wasser bis nach Oslo, das war mir doch mehr als suspekt.

Was konnte da so alles passieren, 9 bis10 Windstärken, also Formel 1 auf einem Schiff, nee lieber nicht. Ich konnte beim heftigen Erbrechen über die Reling kippen, auch nicht so prickelnd. Sämtliche Vorräte könnten über Bord gehen und ich müsste dann verhungern, eine sehr praktische Diät, aber auch nicht das, was ich mir so unbedingt zu einem Geburtstag, noch dazu einem runden gewünscht hätte.

Im Winter fiel die Reise sowieso ins Wasser, bzw. ins Eis, aber die ersten Krokusse steckten ihre Köpfe aus der Erde und die Söhne die ihrigen ans Telefon, um mich zu erinnern, die Seereise sollte doch jetzt wohl endlich stattfinden, im Sommer wäre wieder keine Zeit, da fahre ich mit der ganzen Familie und unserem Zoo in den Urlaub.

Also kurz und gut, eine Woche vor Ostern

fuhr ein Frachter nach Oslo und auf dem sollte ich als Passagier anheuern.

Eine Woche vor Reiseantritt kam in der Lüneburger Heide, wo wir wohnten, ein laues Lüftchen auf, ich schielte jeden Abend auf die Wetterkarte, wenn bei uns Wind ist, dann stürmt es üblicherweise an Nord- und Ostsee, heftigst. Einen Tag vor Reiseantritt wurde ich angehalten, Reisetabletten zu kaufen, es wäre Windstärke 11 angesagt. Mein Herz sank bis in die tiefsten Regionen meines Körpers. Mir war auch schon ohne Sturm und Tabletten ziemlich schlecht. Aber da musste ich nun durch. Meine Fahrt nach Hamburg war ein Kinderspiel. Die Sturmstärken relativierten sich auch, von Windstärke 11 war keine Rede mehr und ich hoffte schon wieder auf ein eventuelles Überleben.

An Bord bekam ich nach Erklimmen von vier Stockwerken eine schöne Kajüte mit einem wunderbar bequemen Bett und ich begann mich sachte auf die Reise einzustellen.

Seegang oder nicht, runter hätte ich jetzt nur noch unter dem kompletten Verlust meiner Würde gekonnt und die ist mir dann doch etwas wert.

Wir mussten noch löschen und laden, wir ist natürlich übertrieben, die anderen arbeiteten und ich schaute zu. Und nachts fuhren wir dann begleitet von einem wirklich lauen Lüftchen die Elbe hinunter. Herrlich. Die Seefahrt fing an, mir richtig Spaß zu machen. Ich lernte die Mannschaft kennen, aß mit der Besatzung in der Messe und beschloss, für alle einen Kuchen zu backen. Nach einem kurzen Gespräch mit dem Koch, der von den Philippinen kam, war der Weg frei für meine

Backkünste. Vorher fragte ich noch nach den Zutaten. Alles war zwar nicht da, aber ich hatte zwei Rezepte mitgebracht und konnte ausweichen.

Also eines Tages, wir fuhren gerade gemütlich durch das Skagerrak, beschloss ich, jetzt oder nie. So nahm ich das Rezept, kletterte die steile Treppe hinunter in die Kombüse und fing an.

Ein Butterkuchen sollte es werden, nach einem ganz bestimmten Rezept, der wunderbar kalorienreich schmeckt, und ich sah vor meinem geistigen Auge die Mannschaft vom Kapitän bis zum Bootsmann meinen Kuchen probieren und selbstverständlich über alle Maßen loben.

Saure Sahne, jede Menge Eier, noch mehr Zucker, etwas Mehl, alles kam in eine große Schüssel. Dann fragte ich den Koch nach dem Backpulver. Ich nannte es baking-powder, weil mein Englisch ähnlich unkonventionell wie das der Philippinen ist. Er war sehr freundlich, sagte: "Oh yes, one moment please", und fing an zu kramen. Nebenbei erwähnte ich noch eine große Backform, denn ich hatte Teig für zwei Kuchen.

Beim flüchtigen Durchsehen fand er weder das eine noch das andere. Ich ging auf die Knie und schaute selber. Kuchenform konnte ich auch keine entdecken, aber etwas Ähnliches, zwei runde Blechteller, die man mit ein bisschen Alufolie und viel gutem Willen als Backform durchgehen lassen konnte.

Das Backpulver blieb unauffindbar. Wir stiefelten in die Proviantlast, nach den Treppen zu urteilen in die tiefsten Tiefen des

Schiffes und kramten erfolglos in den Vorräten. Ich fand zwar ein Kilo Vanillinzucker, aber nichts, was nur im entferntesten als Backpulver durchgehen konnte. Stolz zeigte mir der Koch noch den Kühlraum, aber dort würde ich das Pulver unter Garantie nicht finden.

Zurück in der Kombüse fielen wir wieder auf die Knie und räumten die Schränke aus. Nichts, kein Backpulver weit und breit. Der Koch brachte mir zwar noch freudestrahlend eine Dose, deren Aufschrift er nicht lesen konnte, in der Annahme, jetzt endlich das Gewünschte gefunden zu haben, aber leider, leider handelte es sich dabei um Hühnersuppenfond, ein Begriff, den ich leider nicht ins Englische übersetzen konnte und den Koch nur mit einem abweisenden Handwedeln beschied.

Ich möchte mich ja eigentlich doch als eine mit einigen Wirrnissen des Lebens vertraute Person bezeichnen, aber diese Situation mit einem philippinischen Koch vor den Schränken einer Kombüse kniend, die Vorräte aus den hintersten Winkeln der Schränke hervorkramend und das ganze noch auf einem schwankenden Schiff, das war absolut neu.

So langsam ergriff mich eine gewisse Nervosität, alles war soweit fertig bis auf das verflixte baking-powder. Der Koch wurde hektisch, ich noch hektischer, weil ich nicht gerade eine begnadete Köchin bin, zwar noch ganz gut backen kann, aber außerhalb meiner nunmehr weit entfernten Kochbücher wusste ich mir keinen Rat .

Schließlich kam ich auf die Idee, irgendwie müssen wir den Kuchen ja ein bisschen aufgehen lassen. Also fragte ich den Koch nach Quark. Das Wort kannte er nicht. Mein Übersetzungscomputer war vier Stockwerke höher, mein angefangener Kuchen stand in der Kombüse, zwischen Bergen von Knoblauch und Zwiebeln, weil der Koch ja schon wieder das Abendessen vorbereiten musste. Da erinnerte ich mich, dass ich beim Frühstück eine Packung Quark auf dem Tisch hatte stehen sehen. Die fand ich im Kühlschrank und zeigte sie ihm und es ging ein erleichtertes Leuchten über sein Gesicht, wahrscheinlich ob der Aussicht, mich baldmöglichst aus seinem Reich entfernt zu wissen. Er holte das Gewünschte aus der Vorratskammer und ich kippte also zwei Pfund Magerquark in den Teig. Obendrauf verteilte ich noch ein Glas Himbeermarmelade und flüssige Butter und dann kam das Ganze in den Ofen.

Mir wurde immer bänglicher zumute, in Anbetracht einer heillosen Blamage. Ab und zu äugten wir zu zweit in den Ofen, die zwei Kuchen gingen wunderbar auf. Langsam schöpfte ich etwas Hoffnung, wohl wissend, dass das Aufgehen eines Kuchens im Ofen überhaupt nichts zu sagen hat. So manche zum Niederknien aussehende Meisterwerke haben sich schon nach zwei Sekunden an der frischen Luft in brettharte Trittsteine verwandelt.

Kurz und gut, nach einer halben Stunde nahmen wir die Kuchen aus dem Backofen und ich benötigte dringend ein kleines Päuschen. Vorher stattete ich dem Kapitän auf der Brücke noch einen Besuch ab. Das ganze Schiff duftete herrlich nach Kuchen. Jeder, den ich auf dem Weg traf, sprach mich an. Der Duft war sogar bis ganz nach oben gezogen.

Auf dem Weg fünf Stockwerke hinauf bis auf die Brücke überlegte ich mir heftigst schnaufend, dass Angriff ja immer noch die beste Verteidigung ist, und so fragte ich den Kapitän, ob in Norwegen zufällig ein Krieg ausgebrochen sei, er riss die Augen auf und ich erklärte ihm, zwei Tellerminen zu unserer Verteidigung hätte ich schon.

Vorerst traute ich mich erst einmal nicht mehr in die Kombüse, weil ich das Gelächter nicht ganz so hautnah erleben wollte. Als mich aber die Neugierde dann zwei Stunden später doch hinuntertrieb, war ein Kuchen schon aufgegessen. Mein angeblicher Butterkuchen war zu einem leckeren sehr, sehr flachen Käsekuchen mutiert.

Aber wir würden bald in einem Hafen

anlegen, und der Chief hatte mir versprochen, Backpulver zu besorgen, jawohl.

22

Am nächsten Tag, wir waren mittlerweile in Oslo angekommen, beschloss ich in die Stadt zu fahren und ein bisschen spazierzugehen. Gesagt getan, ich kletterte die Himmelsleiter vom Schiff wieder hinunter, begleitet von einem sehr um mich besorgten Bootsmann und dann hatte ich auch schon festen Boden unter den Füßen.

Bis zum Gate waren es ein paar hundert Meter. Und dort tat sich unversehens ein weiteres Problem auf. Kein Taxi und auch keine norwegischen Kronen. Aber es gibt wirklich noch galante Männer auf der Welt. Der Zollinspektor war zwar nicht gesprächig, schaute meinen Pass mehr als genau an, las meinen Namen laut vor, warum auch immer und dann fragte ich nach einem Taxi, welches auch Euro nimmt. Er schüttelte den

Kopf, sagte erst einmal nichts, ließ mich einfach stehen, sozusagen im Niemandsland, und entschwand. So ganz wusste ich nicht, wie ich mich verhalten sollte. Zu Fuß war es auf jeden Fall zu weit. Ich überlegte schon, das Unternehmen kurzerhand abzubrechen, als plötzlich ein Auto neben mir hielt und ich mit einer einladenden Geste hineingebeten wurde.

Mir verschlug es fast die Sprache, die norwegische sowieso, aber auch fast die englische. Der Zollbeamte erklärte mir in perfektem Englisch, dass er sowieso in die Stadt müsste und ich mitfahren könnte.

Tatsächlich brachte er mich zum Bahnhof und wollte natürlich nichts nehmen.

Ich schlenderte durch die Fußgängerzone und tauschte erst einmal ein paar Euro in Kronen um. Anschließend besichtigte ich eine Kirche und ermüdete nach den Tagen des Müßiggangs ziemlich schnell.

Unter den Stimmen, die um mich herum erklangen, waren erstaunlich viele deutsche. Schließlich trank ich einen Kaffee, kaufte das vermaledeite Backpulver und noch ein paar Kleinigkeiten, damit ich einen weiteren Versuch des Kuchenbackens starten konnte. Schließlich machte ich mich nach ein paar Stunden wieder auf den Weg zurück zum Bahnhof.

Schnell besorgte ich noch Blumen für den netten Inspektor und fand alsbald ein Taxi. Mit meinen Tüten und Taschen beladen versuchte ich einigermaßen elegant auf den Rücksitz zu klettern, verbunden mit einem weltmännischen "To the harbour please". Ich erntete ein fragendes "Häh?????"

"To the harbour please". Keine Reaktion.

Nun versuchte ich es mit etwas Dänisch: "Havnen værsgo" - nichts. Mein Puls erhöhte sich leicht, aber es waren noch zwei Stunden bis zur Abfahrt, also keine Panik. Ein weiterer Versuch mit "To the ships please", wurde mit Schweigen beantwortet.

Nun wurde ich doch schon etwas hektisch und fragte: "Do you know ship?" Nach ungefähr fünf weiteren Versuchen und unter Zuhilfenahme des Bordcomputers und zwei weiteren Taxifahrern, die aber überhaupt kein Englisch sprachen, einigten sich die Herrschaften darüber, mich wenigstens mal in die Nähe der Passagierschiffe zu bringen, wie Fähren und Kreuzfahrtschiffen.

Auch mein heftigstes Flehen, dass ich weder zu einem Fährschiff noch zu einem Luxusliner wollte, sondern zu einem Cargo-Ship, nützte nichts. Die Taxifahrer hatten entschieden, eine Frau, jenseits eines ziemlich runden Geburtstages, hatte auf einem Containerschiff aber wirklich nichts zu suchen.

Zwischendurch fragte der Taxifahrer immer nach einer Number. "Which number?", fragte ich zurück. "Number from ship". Na wenigstens wusste er schon einmal, dass ich zu einem Schiff wollte. Ich kannte aber nur den Namen. Das nützte nun herzlich wenig.

Wir nahmen also hartnäckig Kurs auf ein zugegebenermaßen prachtvolles weißes Schiff, welches aber wirklich nicht meines war, obwohl es mir schon gefiel.

"That is not my ship", jammerte ich. „I need a containership".

Endlich, endlich hatte der Mann wohl begriffen, dass er sich seiner Aufgabe nicht entledigen konnte, indem er mich einfach bei einem schönen weißen Schiff absetzte und dann das Weite suchte. Wir kurvten in eine andere Richtung. Schiffe über Schiffe, die Zeit blieb leider auch nicht stehen und ich wurde langsam panisch.

So vermessen war ich nicht zu glauben, dass irgendjemand warten und Fahrplan Fahrplan sein lassen würde, bis ich mal angestiefelt kam. Ich sah mich schon einsam zur Immigrationsbehörde dackeln und um Asyl bitten.

Die letzte Möglichkeit, die mir einfiel, war, in Deutschland anzurufen, um nach der Nummer des Schiffes zu fragen, aber justament, als ich die richtige Stelle an der Strippe hatte, sah ich direkt vor uns ein mir ach so wohlbekanntes und heiß geliebtes Schiff auftauchen. Nie in meinem Leben bin ich beim Anblick eines schlichten Containerschiffes derart in Verzückung geraten.

Das Taxi bezahlen und noch ein Trinkgeld geben, damit der Fahrer sich von mir erholen konnte, war schnell erledigt, und schon stiefelte ich wieder durch das Gate. Dem verdutzten Zollinspektor drückte ich noch die Blumen in die Hand, dafür wollte er nicht mal mehr meinen Passport sehen und dann hatte ich fast schon heimatlichen Boden unter den Füssen.

Vor Erleichterung hätte ich das Schiff mitsamt seiner Mannschaft in meine Arme schließen mögen. Aber ich beließ es bei einem fröhlichen und meiner Meinung nach völlig coolen "Ich bin wieder daha". Dann flüchtete ich in meine Kajüte und sank ermattet auf mein Bett. Gott war das aber auch aufregend.

Nun blieb ich an Bord, bis wir wieder

heimatliches Wasser unter dem Schiff hatten und jeder Mensch verstand, wenn ich sage zum Hafen, dass ich dann auch wirklich zum Hafen will. Basta.

Ach ja, erwähnen muss ich noch, dass mich jeder der von Bord ging, mit großen Dosen von Backpulver versorgte. Ich hätte also gut und gerne die nächsten zehn Jahre kuchenbackenderweise auf diesem Schiff verbringen können, darf ich aber nicht. Leider!

23

Ach ja Urlaub, wenn wir uns aufmachen, die eine Behausung mit der anderen auszutauschen, ist das jedes Mal ein aufregendes Ereignis, na ja wo nicht. Die Vorfreude ist sowieso das Schönste, finde ich, wenn bloß nicht vor dem Vergnügen die Arbeit stünde. Was da heißt, der Gatte der Fleißige arbeitet bis zur letzten Sekunde und der Gattin obliegt dann der klägliche Rest, also, alles, was die liebe Familie und der Zoo so im Urlaub brauchen könnten, wird erst einmal aufgestapelt. Und weil wir ja wie schon erwähnt mit einem Privatzoo an die See fahren, ist das ziemlich umfangreich. Dabei spreche ich nicht von so profanen Dingen wie Klamotten, ach nein, unsere Hunde müssen ja schließlich auch mit versorgt werden. Die Näpfe und Leinen, das

Spielzeug, die Körbe, die Decken, Futter, alles muss mitgeschleppt werden. Und weil eben unser Pferd mit an die See darf und dort auf die Weide geht, muss Wally auch einen eigenen Proviantkorb mit Mohrrüben, Äpfeln und Wasser haben. Allerdings sind wir bei den Transportmöglichkeiten nicht so sehr eingeschränkt. Unsere Wally ist es gewöhnt, dass neben ihr Fahrräder, Hundekörbe etliche Schachteln, die Sättel und vieles mehr transportiert werden. Sie ist immer sehr interessiert, ob nicht doch etwas Essbares in greifbarer Nähe dabei ist.

Wenn dann alles zusammengesammelt ist, kommt der Gatte der Fleißige bei tiefster Dunkelheit angefahren, betrachtet ein mittleres Gebirge an Koffern, Schachteln, Körben und so weiter, stöhnt wie jedes Jahr um diese Zeit: "Wie soll ich das denn alles ins Auto kriegen?" Dann gibt, nein gab es endlose Diskussionen über den Sinn und Unsinn der mitzunehmenden Sachen. Jetzt haben wir es besser, der Pferdehänger hat ein ganz schönes Volumen. Ich sage es ja immer, so ein Pferd ist nicht nur lieb, sondern auch ganz praktisch. Hoffentlich kommt niemand jemals auf die Idee, mit dem Flugzeug zu verreisen, das gäbe eine glatte Katastrophe. Wie bekämen wir denn drei Hunde und ein Pferd ins Flugzeug?

Haben wir dann am nächsten Morgen endgültig alles verstaut, springt man frohgemut ins Auto, startet und macht den Motor gleich wieder aus. Beim Zählen der Hunde wird festgestellt, dass Lotta fehlt. Also wieder ins Haus zurück und erst einmal das Dackeltier gesucht. Die sitzt seelenruhig in einem Korb mit dem Gesichtsausdruck: "Ich bleibe hier!" und kommt nicht von alleine mit. Also klemme ich sie mir unter den Arm und zähle von da an hysterisch alle Stunde die Hunde nach.

Aufregend wird es aber wirklich, wenn wir einen Parkplatz anfahren. Für unser Gespann müssen wir ja auf einen Busparkplatz ausweichen. Neben uns klettern gerade ein paar ältere Damen aus einem solchen, als wir die Tür öffnen und erst einmal zwei Hunde rauslassen, selbstverständlich an den Leinen. Ein lautes "Ach" und "Oh, schau mal zwei Hunde", dann bequemt sich Lotta auch hinaus und die spitzen Schreie werden lauter. Als dann Wally noch neugierig ihren Kopf aus dem Hänger steckt, vielleicht haben die Damen ja eine Mohrrübe dabei, ist der Tag für die Busgesellschaft gerettet. Und ich gebe das erste Interview meines Lebens.

Warum und wohin, wie lange? Nun denn, zwei Koffer ins Auto packen und dann losfahren, das kann schließlich jeder.

24

Aber ich rede hier herum und verliere fast aus den Augen, worum es eigentlich geht. Er ist nun endlich da, der lang ersehnte Tag. Ich fahre zur Schneiderin und probiere ihn noch einmal an, den wundervollen gelben Blazer. Den schönsten Blazer alles Zeiten, der mein Leben verändern, der mich von weiteren Frustkäufen abhalten wird und der mein ganzes Glück bedeutet, na ja wenigstens im Moment.

Bombastisch, super, einfach toll! Ich drehe und wende mich, er sitzt einfach perfekt. Die Schneiderin verzieht keine Miene. Ich lobe ihre Handwerkskunst, bezahle und dann nichts wie schnell nach Hause, um das gute Stück zusammen mit der schwarzen Hose anzuprobieren.

Schon während ich die Treppe hinaufhaste,

reiße ich mir meine Sachen vom Körper, es kann mir gar nicht schnell genug gehen, zu lange habe ich gewartet und jetzt wird es endlich soweit sein. Ich nehme die schwarze Hose vom Bügel, postiere mich vor dem Spiegel, schlüpfe schwungvoll hinein und erstarre. ZU ENG!! Ich kriege sie nicht zu. Dabei hat sie letzten Monat noch gepasst. Die ersten Tränen der Wut und Enttäuschung kullern die Wangen hinunter. Ich ziehe ein, kneife zusammen, spanne an, es nützt nichts. Die vermaledeite Hose ist und bleibt zu eng.

Vorsichtig hänge ich den Blazer auf den Bügel, entferne diese hinterhältige Hose, die wie durch Geisterhand enger geworden ist, aus meinem Blickfeld, greife zu meiner Handtasche, wenigstens die hat nicht zugenommen, und mache mich wortlos auf den Weg zu meinem Auto.

Ich muss in die Stadt, ganz dringend und auf der Stelle. Ich brauche eine schwarze Hose.

Bommel dachte schon, in diesem Jahr müsste er zu Fuß in den Urlaub gehen.
Nein, nein, diesmal fliegt er zu seinem Freund Snoro nach Kanada. Aber statt gemütlich aus dem Fenster in die Wolken zu schauen, wird dieser Flug das gefährlichste Abenteuer seines Leben. Aber lest besser selbst, ob das wohl gut geht, für mich ist das viel zu aufregend!

Karin Kirwa
Bommel fliegt nach Kanada
Neue Abenteuer zum Lesen und Vorlesen
Mit zahlreichen Abbildungen!
Im Buchhandel erhältlich
ISBN 978-3-8391-1577-0
Paperback, 144 Seiten € 10,90

www.bommel-und-mehr.de

…. und wieder ist es soweit, ohne Bommel geht zu Weihnachten scheinbar gar nichts mehr.
Gut, dass er sein Fahrrad hat, auch wenn der Regenbogen etwas steil und die Milchstraße glatt sind …
Aber lest selbst, für mich ist das schon wieder viel zu aufregend!

Karin Kirwa
Bommel, der Retter in der Not
Eine himmlische Weihnachtsgeschichte
Mit zahlreichen Abbildungen!
Im Buchhandel erhältlich
ISBN 978-3-8423-8373-9
Paperback, 112 Seiten, € 8,90

www.bommel-und-mehr.de